傻瓜的诗篇

格非著

留香系列 / 2014年 / 68 cm × 68 cm

傻瓜的诗篇

精典名家小说文库　谢有顺　主编

格非

著

作家出版社

图书在版编目（CIP）数据

傻瓜的诗篇 / 格非著 . –– 北京：作家出版社，2018.6

（精典名家小说文库）

ISBN 978-7-5212-0085-0

Ⅰ . ①傻… Ⅱ . ①格… Ⅲ . ①中篇小说 – 中国 – 当代 Ⅳ . ① I247.5

中国版本图书馆 CIP 数据核字 (2018) 第 124892 号

傻瓜的诗篇

作　　者：	格　非
责任编辑：	丁文梅
装帧设计：	精典博维·肖　杰　马延利
责任印制：	李卫东　李大庆
出版发行：	作家出版社
社　　址：	北京农展馆南里 10 号　　邮　编：100125
电话传真：	86–10–65930756（出版发行部）
	86–10–65004079（总编室）
	86–10–65015116（邮购部）

E-mail:zuojia@zuojia.net.cn

http://www.haozuojia.com（作家在线）

印　　刷：	三河市兴博印务有限公司
成品尺寸：	125 × 185
字　　数：	43 千字
印　　张：	3.5
版　　次：	2018 年 10 月第 1 版
印　　次：	2018 年 10 月第 1 次印刷
ISBN	978-7-5212-0085-0
定　　价：	39.80 元

目录

傻瓜的诗篇

一

一天凌晨，杜预被屋外的雨声惊醒了。他不知道雨是什么时候开始下起来的，也许是午夜的某个时候，也许是昨天或者前一天的傍晚。在沙沙的雨声中，他听见自来水龙头的滴漏声在附近的什么地方响着，类似于心跳或者钟表走动时发出的声响。即便是在这样的雨天，从窗口吹进来的风也是热烘烘的，带着这个季节特有的阴湿和酸霉味。

现在，房间里漆黑一团，他几乎看不清任何东西。送牛奶的小推车从围墙外的街道上走过，牛奶瓶碰撞发出的叮叮当当的声音在沉寂的空气中越走越远。

有那么一阵子，杜预感到自己又回到了遥远的童年。在一个阳光灿烂的中午，父亲带着他去村外的一个树林里钓鱼，天空刚刚下过一场暴雨，路面泥泞不堪，父亲告诉他，暴雨将河水搅浑了，在河底游弋的鱼群根本发现不了鱼饵……

有时，杜预感到自己正走在大兴安岭的山路上。树林中黑幽幽的，高大的桦树和雪松遮住了炽烈的光线。初夏的南风从山坳中吹过来，空气中到处都散发着树脂清冽的香气。他坐在一辆马车上，手里拿着一本《医学辞典》。他看见天空突然阴沉下来，雨点透过树冠将书本打湿。北方的雨来得又急又快，它随着一阵热风骤然而至，在林间织起一道雨幕——在黑龙江军垦农场的那些日子里，他依靠一只手电筒和那本《医学辞典》发现了通往医学王国的神圣道路。随后，在一九七七年恢复的高校招生考试，使他成为一名医生的夙愿变成了现实。尽管大雨延误了考试时间，他还是如愿以偿地进入了南方某著名的医科大学，在精神病专业攻读了六年。

这样想着，他几乎将自己的一生简略地回顾了一遍。可是，现在，杜预不知道自己正躺在什么地方，同样，他也不知道流逝的岁月最终会将他归入何处。他似乎感觉到，他的大脑里爬满了蚂蚁，这些蚂蚁麇集在他脑神经芜杂的枝蔓上，将它一段一段地吃掉了……

那么，是不是可以这么说，杜预现在唯一清醒的意识也许来源于他的腹部——在那里他的胃又在隐隐作痛了，他觉察到自己的胃壁上黏糊糊的，像是有一只蚂蟥依附在上面，它静静地蠕动着，使他忍不住想呕吐。过了一会儿，痛感一度游离了他的腹部，顺着血液流动的轨迹慢慢上升，注入他的心脏、肺叶、大脑以及身体的各个部分。

杜预深切地知道，胃病实际上属于精神病的一种。无辜的胃囊成了不堪重负的精神的替罪羊，精神的极度紧张带来了胃酸的大量分泌，它腐蚀胃壁的黏膜引起溃疡，随后导致胃出血，接着出现的病兆也许是一粒小疖，它是死亡最初的讯息，这时，人们除了等待之外，也许已经没有其他的什么事情可做了。

在刚才不安的睡眠中，杜预做了一个奇怪的梦。他梦见了一个巨大的门牌号——在靛蓝色的四方铁皮上，用白漆写成的三个阿拉伯数字，好像是364，也许是634，但这并不是问题的关键，他意识到，这个梦确凿无疑地告诉他：他的精神出现了某种问题。作为一名精神科医生，他早就习惯了对梦境的分析，就他的职业而言，这种分析对于考察病人内心的悸动，找出他们压抑的欲望的代替物是极为必需的。它有些类似于古代的炼金术士从沙土里提取黄金。对于梦境的瓦解和整理往往会帮助医生一下子找到病情的症结所在。

那么，杜大夫从刚才自己的梦境中又看到了什么呢？

首先，他来到了梦境的边缘，在那三个阿拉伯数字上颇费踌躇。他终于想起来，这个门牌号码也许是一个单位或机构的标志，他的心头豁然一亮，一道清晰的语式在他眼前跳跃出来：疗养院路364号。

杜预从医科大学毕业后，被分配到这个精神病疗养中心当医生。尽管他来到这个中心的时间并不长，可是他感觉到自己的一生都是在这里度过的，或者说，他记忆中外面的世界和这里没有多大的不同，正如精神病人和正常人从外表上很难加以区分。在杜预看来，精神病人是唯一的一种没有任何痛苦的病人（这使他既羡慕又恐惧），治疗的过程往往使效果适得其反。那些行将被治愈的病人一旦意识到自己刚刚被人从精神错乱中拯救出来，大凡会产生出自卑、羞耻乃至厌世的情绪，很多人为此走上了轻生的道路。如果治疗的目的仅仅在于使病人重返正常人的世界，那么将精神病人送上电疗床，通过强大的电流对他们的神经中枢进行彻底的摧毁的确是一种一劳永逸的办法。

杜预曾经对十九名做过电疗手术的病人做过一次简单的心理测试。当他要求病人们回答"生活中什么东西最可怕"这样的一个问题时，病人们立即充满自信地答道：

"精神失常。"

这正是杜大夫期待之中的答案。他想到，这个问题要是让另一类病人（比如癌症患者）来回答，他们也许会认为是死亡。

接着，杜预又向他们提出了第二个问题，这是一个简单的算术测验：

"39加上57等于多少？"杜预问道。

其中的一个病人经过长时间痛苦的思索而得出的结论让杜预吃了一惊：

"医生，您大概搞错了，"这个病人答道，"这两个数字根本不能相加。"

接着，杜预进入了梦境的中心。他看见了一个女人模糊不清的身影，它代表了杜预内心隐伏着的某种综合的欲望。她坐在一处花园中央的喷水池边，在午后慵懒的光线下，正专心地修剪着指甲。梦境之中的人和事常常有悖实情：杜预看见她红红的指甲被剪掉后随即又重新生长了出来，这就使她那种单调的动作像钟摆一样周而复始。他想起来，这个女人是他的病人中的一位，她来自于这个城市的一所著名的文科大学，名叫莉莉，她常常在午后的时候来到疗养院的喷水池边，一坐就是几个小时。杜预时常从宿舍的窗口看到她，有时，她在修剪指甲，有时则是捧读一本《普希金诗选》。

莉莉对于诗歌的爱好在疗养院广为人知。她在入院后的那段时间里一直没有停止过写作，她的诗章反映出她凋敝的精神深处的某种脉络，因而，它总是被当作诊断会上难得的材料当众宣读。

莉莉的身影在杜预的眼前久久不去，显得既熟悉，又陌生，它犹如一道刺目的光亮灼烧着他的眼球。杜预感觉到，在梦境的中心依然存在着一个中心，它类似于祖鲁人所说的夜中之夜，那是有牛奶和蜂蜜流出的地方，是一切水流的源泉，是世界的核心——每当夏季的凉风撩起女人的裙子，杜预常常在某一处街道的阴暗拐角看到它。

最后，在梦境的外围，残留着一个未明部分，它呈现出一些往事的片段，杜预怎么也弄不清这些往事对他来说意味着什么。他看见一辆平板车停泊在水洼中，深秋的雨水漫过他的头顶，使他一度看不清脚下的道路。大雨骤停的瞬间，他看见了一扇明亮而忧伤的窗户，一袭深棕色的风衣从窗口飘然坠落，像一只蝴蝶翩翩飞动，它被楼下的一根电线杆挂了一下，然后无声无息地坠落在地上。

二

　　精神病疗养中心位于这座城市的南郊，这一带兼有城市和乡间的许多特点。在鸟语花香的四月，从葱郁的树林的尽头，可以看到远处亮闪闪的河流，低矮的农舍，连绵的麦田和油菜花地。

　　在遥远的半殖民地时代，这里曾经是法国人租界的一个部分。别墅式的红砖房舍一座挨着一座，在高大的香樟树丛中若隐若现。从这些房屋的式样上可以看出法国人简朴而松散的建筑格调。

　　尽管这一带空气清新，气候怡人，可是杜预第一次来到疗养院路364号的时候，就不太喜欢这儿。他似乎本能地感觉到，在岑寂而滞重的空气里好像潜藏着某种不为人知的危险，但他一时不知道这种危险究竟藏在何处。

　　在公布毕业分配方案的时候，毕分办主任曾找杜预谈过几次话，在主任的办公室里，当他问杜预为什么不愿意去精神病疗养中心工作时，杜预感到自己有无数的理由可以提出来，可是，这些理由中没有一个可以站得住脚。最后，他神色黯淡地说了一句：

"我讨厌精神病院。"

"为什么？"

"我的母亲就是患精神病死去的。"

主任愣了一下，用一支铅笔顶住下巴："你的母亲？怎么回事？"

对于这个问题，杜预认为没有必要回答，或者说他不愿意向别人提起母亲的事。但是一声不吭却显得不太礼貌，因此，他不由自主地问了一句：

"什么时候报到？"

这句话一出口，他就深深地后悔了。他进而联想到自己做过的每件事情都含有类似的性质：逃避的企图反而使他深陷其中。这使他感到了一种神秘的伤感。

其实，杜预之所以不愿意去疗养中心还有一条更为深刻的原因。他当时正从事于精神病传染的研究，尽管他的研究被校方认为是一种无稽之谈，可是他的内心一直确信：精神病是可以互相传染的，其传染的速度要比任何一种时疫的流行都快得多。

疗养中心的格局说起来也极为普通，初一看，它宛若一座巨大的花园。在茂密的树荫中间，有一块足球场大小的庭院，它的中心是一处假山，一座简陋的喷水池，水池四周依次排放着几条漆成白色的长凳。用竹篱围成的花圃内盛开着一簇簇红黄相间的金钟和雏菊。低矮的松枝树篱被修剪得很整齐，它绕庭院一周，穿过办公楼前的墙脚，在食堂的附近消失不见了。

这样的花园布局虽然显得俗气，但总还算得上整洁、干净。可是，如果将目光越过树丛的顶端，投向疗养院高高的围墙时，这片庭院便会立即露出狰狞的面目：围墙的顶上密密麻麻地罗织着一道道铁丝网，它不禁使人联想到，这座疗养院在不久前或许还是一座兵营或监狱。也许是杜预本来就生性敏感，善于观察，他来到这里的第一天，就跟随着飞鸟扑闪的翅影在树丛的枝蔓中看到了那排铁丝网。

那天上午，疗养中心派车去接他。当他乘坐一辆夏利牌汽车来到中心的大门前时，正好赶上了一批新病人入院。他看见在那片黝黯的庭院里，几个清洁工正拖着扫帚远远地朝他张望。"她们一定是把我当成了精神病人。"杜预很不高兴地这样想。这时，他感到肩上被人重重地拍了一下，这几乎使他吓出一身汗来。他转过身，看见一个穿白大褂的医生正朝他矜持而勉强地微笑。这是杜预第一次见到日后朝夕相处的伙伴——精神病护理专家葛大夫。

葛大夫是属于那种乐观自信、自命清高的一类人。他双手插在衣兜里，脸上被剃刀刮得铁青，脖子上挂着一只听诊器（这多少带有点装饰的成分）。从外表上看，葛大夫正好是杜预最为讨厌的一种人，这种人不仅举止优雅，行为得体，而且有着钢铁一般健全的神经（这种健全在杜预看来反而显得有些不正常），一想到自己日后要年深日久地和这种人打交道，杜预就感到一阵神经紧张。

杜预跟在葛大夫的身后，走进了疗养院的大门，他的心怦怦狂跳起来。那种沉闷而混浊的心跳声一度跑出了他的体外，以至听上去就像是从附近的一个树林里传来似的，有些类似于用丫杆拍打被褥的声响。

杜预的宿舍就在办公楼的第四层，窗口正好对着庭院的那处假山。来到这里的第一个晚上，时断时续的失眠症又一次缠上了他。

早晨醒来的时候，他看见一个穿着斜条纹病号服的老太太正在喷水池附近兀自转悠，她一边往前走，嘴里一边在唠唠叨叨地说着什么。六七点钟的时候，他下楼去食堂打饭，在那条幽僻的小路上，这个老太太将他拦住了。她一迭声地重复着一连串意义相近的词汇："烦啊，烦，烦透了……"杜预显得有些不知所措，这会儿，他看见葛大夫正拎着饭盆朝这边走过来。

"你为什么会感到烦呢？"葛大夫温和地对老人说。

"烦啊烦，烦啊烦……"

"你难道不能说一些别的什么话吗？"葛大夫启发她。

老太太略一思索，脸色突然阴沉下来。

"杀！"她叫道。

葛大夫笑了起来，他朝杜预摇了摇头，表示这个病人已无可救药，随后一声不响地走开了。

吃完早饭，杜预来到了办公室。葛大夫看上去已经在那儿等候他很久了。葛大夫对他说，按照上面的指示，他今天将陪杜预去疗养中心的各个病区转转，顺便让他熟悉一下这里的环境。葛大夫在说话的时候，眼睛不时地朝窗户那边瞥上几眼——在窗户边的一张办公桌前，坐着一位鹤发童颜的老女人。杜预猜想，她大概就是这座病院的头儿。她面容阴郁，不苟言笑（她曾经抬头打量了杜预一眼，算是打了招呼）。

他们首先来到的是第二病区，一条阴晦的水杉林道将它和庭院连在一起。在一座青灰色的小楼前，杜预听到一片嘈杂的喧哗声。它听上去既显得刺耳，又使人不明所以。杜预正要向葛大夫打听那声音的细节，葛大夫伸手制止了他。他们轻手轻脚地上了楼，来到了27号房间。

杜预看见一个头顶微秃的老头手里挥舞着一把扫帚，正冲着窗外莫名其妙地大喊大叫：

"敌人冲上来啦，同志们，打呀……叽叽叽叽叽……"

他的脸上汗水如注，看起来正在和想象中的敌人作殊死的搏斗。

"同志们，拼刺刀呀……"

葛大夫凑近杜预，悄悄地告诉他，这个人曾经参加过抗美援朝，还得过二等军功勋章，可是后来不知怎么就得了精神病。在这个病人病情发作的时候，葛大夫没有立刻制止他，而是抱臂倚门而立，轻松地看着他。最后，当这个病人将头颅撞向墙壁与敌人同归于尽的时候，葛大夫才朝他走过去。

"我是团长，304号高地发生了什么情况？"葛大夫忍住笑容对他叫道。

病人转过身来，"啪"地来了一个立正："报告首长，美帝国主义向304号高地发动了十五次进攻，我军伤亡惨重。"

"稍息！"葛大夫用不容置疑的语调对他说，"敌人的进攻已经被我们打退了，你们的阻击战打得很漂亮。现在的任务是——"

病人"啪"地立正。

"到床上去睡觉。"

病人立即行了个军礼，来了个三百六十度大转身，随后极为敏捷地窜到床上，直挺挺地躺了下来，并且闭上了眼睛——看上去，他仿佛已经熟睡很久了。

下楼的时候，葛大夫显得极为兴奋。他一连几次问杜预："怎么样，疗养院还是挺有意思的吧？"

杜预本来不想笑，可这会儿，他再也忍不住了，便纵声大笑了起来。

"你怎么这样笑？"葛大夫惶恐地看了杜预一眼。

杜预心里猜想，这个病人是葛大夫的杰作，也许疗养院每来一位新同事，他都会领他们来观赏一下这种叫人开心的阻击表演。他的猜测很快就得到了一定程度的证实。他们走到楼下的时候，葛大夫对杜预说：

"你这次可赶巧了，要是晚来一步，这场戏就看不成了，因为，今天下午，他就要被送进电疗室进行电疗了。"

葛大夫说到这里，用食指和中指比画了一个用剪刀剪断什么东西的架势，同时嘴里清脆地蹦出一个词儿：

"咔嚓……"

人类的精神究竟在什么地方出现了问题呢？杜预时常这样问自己。他通过大量的阅读和研究得知，在不很遥远的过去，人类精神上的疾病通常是歇斯底里症。福楼拜笔下的包法利夫人为这类病症提供了一个极好的范例。对于这类病人，只要通过短期的疗养即可康复（福楼拜所开的药方是：给病人放点血），它是由于某种悲剧性的事件而引起的。而在二十世纪，人类的精神病更多的是精神分裂，它显然是源于无法说明而又排解不开的焦虑。

杜预心想，如果自己有一天得了精神病，那么上述两种病症都会兼而有之。

这样想着，杜预不知不觉中已经来到了疗养院后院的一片枞树丛里。刚才在吃午饭的时候，他在食堂里听说有个病人在这片林子里吊死了，所以，他吃完饭就走过来看看。可是这会儿，尸体已被人运走了，也许是大伙儿正在吃饭那个时候被运走的，没有惊动任何人，也没有留下什么痕迹。在疗养院里，这类事情总是处理得干净利落，和疗养院沉寂而安详的气氛极为协调。

枞树林里空空荡荡的，有一个老人在幽晦的林子深处打着太极拳，杜预一时看不出他是一个精神病人还是正常人。

一个周末的下午，疗养院新来了一位女病人，她是一位家在外地的大学生，精神病猝发的时候，由于来不及通知病人的家属，她所在大学的几位高年级的女生将她送到这里。

当她从一辆橘黄色的出租汽车上下来时，杜预简直看不出她的精神有什么毛病。她面色红润，留着披肩长发，眼神明亮而清澈，如果不是她一下车就发表了一通关于中国是否应该派军队去参加海湾战争的议论，几乎没有人会注意到她的精神失常。

在女病区的门房里，杜预对葛大夫说："我怎么好像在哪儿见过她？"

"这么说，"葛大夫愣了一下，"你们原来就认识？"

"不是的，"杜预纠正道，"我肯定没有见过她，可是感觉上却和她很熟悉。"

"这一点也不奇怪，"葛大夫说，"大凡漂亮的女人都会给人的视觉造成偏差。不过也许你们确实见过也不一定，你好好想想，比如在校际联谊舞会上，或者在一场运动会的田径场上……"

杜预认真地想了一下，没再吱声，他感到葛大夫的话里有一种含蓄的讥讽的味道，便转过身去，打量了一下那个名叫莉莉的病人。

在那间堆满被褥和衣物的房间里，几个护士正在给莉莉换衣服。在这个季节，她的衣服穿得很少，因此尽管她对换衣服这件事一开始就表现出强烈的抗拒，护士们还是没有费什么周折。她被人按在一张钢丝床上，两条腿乱蹬着，双手紧紧地拽住衣领，一个护士被她的粗暴行为弄得不耐烦了，便伸手在她光溜溜的屁股上拍了一巴掌。这时，杜预看见她的手在乳房和腹沟之间来回遮掩着。

葛大夫笑了起来："这个病人还懂得羞耻，这说明她病得不重。"

杜预好像没有听清葛大夫的话。他的目光被她那对战栗的微微上翘的乳房牢牢地吸引住了。他的脸由于羞赧而涨红了。一方面，他不敢相信自己的眼睛——它可以从容地审视眼前一览无余的躯体；另一方面，他感到自己多少有些不道德，感到自己内心的肮脏和不可救药，这种感觉激起了他对自己的憎恶。

"这个病人平常一定喜欢游泳。"葛大夫煞有介事地说。他说话的语调不紧不慢，极有分寸，带着医生这个职业特有的科学和准确的气质。杜预很快就明白了他的意思。这一点，他也注意到了：在莉莉裸露的身上，有几处地方白得耀眼，那是穿游泳衣留下的痕迹。

护士们一边给莉莉换上斜条纹的病号服，一边叽叽喳喳地议论着什么，随后她们开心地笑了起来。其中有一个护士冷不防朝杜预瞥了一眼，诡谲地眨了眨眼睛。那意思分明在说：

"这次你们可大开眼界啦。"

三

两个多月过去了。疗养院里一簇簇的雪松和香樟树即便在秋天也是郁郁葱葱的，它们的叶脉反映不出时间的变化。正当葛大夫时常向杜预抱怨日子过得太快的同时，杜预却感到度日如年。

来到疗养院的时间虽然不长，可杜预对这里的一切早就厌烦透了，他仿佛感觉到寂静而阻滞的空气将他纤弱的神经磨得越来越细，他担心它会在某一个夜晚突然断裂……

　　疗养院的工作极为闲适。给病人打针服药之类的琐事几乎都由护士们承担下来，作为一名见习医生，他处于无所事事的惯性之中。他常常坐在宿舍的窗前，长时间地注视着窗外那片一成不变的空间。如果天气晴朗，莉莉每天午后都会独自一个人来到花园中心的喷水池边，在深秋温和的光线下修剪指甲或者捧读一本蓝封皮的《普希金诗选》。

　　和疗养院的其他病人比较起来，莉莉的精神病带有一种娴静而温文尔雅的性质。除了偶尔出现一些暴露癖之类的症状之外，她很少引起诸如暴力斗殴以及自残身体一类的麻烦。因此，院方对她的治疗通常只局限于让护士每晚给她服用一次小剂量的安定药丸。

　　葛大夫曾经告诉过杜预，精神分析疗法早在二十世纪就被西方人用于精神病的诊断和治疗，而在这所疗养院里，这种方法的有效性尚在讨论之中。这倒不是说我们对西方的医学成果缺乏足够的了解，而是这种成果在多大程度上适合于中国的国情，比方说——葛大夫举例道，西方的精神病人通常在内心深处隐伏着一个潜在的纽结，它常常和宗教有关。一旦找到了这个纽结，问题便迎刃而解，而中国人本来就毫无精神可言，他们的内心照例是混沌一片……

葛大夫的这番议论在杜预看来仅仅是一种无稽之谈，但它无疑准确地阐述了他目前所面临的现实。他感到，这座疗养院最高的医学权威大抵就是几名电工——他们负责疗床的操作和检修。

这天晚上，杜预和葛大夫去女病区查病房的时候，莉莉正趴在钢丝床上，在一张活页纸上写着什么。看到葛大夫和杜预走进来，她莞尔一笑，随后，她将葛大夫叫到自己跟前，像个孩子似的压低了声音向他说道：

"刚才，我写了一首诗……"

"很好，"葛大夫像个父亲似的摸了摸她的头，"我能看看吗？"

莉莉犹豫了一下，将活页纸递给他。葛大夫心不在焉地朝它看了一眼，随手递给杜预。杜预看到纸上用铅笔歪歪扭扭地写着这样几行字：

哦，傻瓜
我高贵的国王
让你巨大的泪水盖在我的身上
我愿在你的泪水中痛苦地死去

"什么意思？"杜预看完这首诗之后，自言自语地说了一句。

"毫无疑问，"葛大夫漫不经心地对杜预说，"这是爱情的分泌物。"

莉莉的这首诗使杜预突然想起了一件事，想起了自己无拘无束的童年时光，这多少使他有了一种恍若隔世的感觉。他在过十岁生日的那天晚上，母亲为他订了一只大蛋糕，上面插着几根彩色的蜡烛。当母亲微笑着问他，长大以后愿意从事怎样一种工作的时候，杜预简直不知道如何回答她。窗外的世界广袤而浩瀚，瞬息万变，奥秘无穷，他几乎打算将所有的事情都经历一遍。

"像你父亲那样，做个诗人怎么样？"母亲提醒他。

父亲的脸蛰伏于暗处，杜预怎么也记不起他的脸来。可是他当时听见父亲在黑暗中嘀咕了一声：

"哼，诗人！"

"那就当个记者吧。"母亲赶紧打圆场。

"哼，记者！"父亲冷冰冰地说。

杜预当时对父亲有一种本能的憎恶，他的话使杜预突然感觉到这个世界适合于自己的工作一下子变得那样地少。

"依我看，还是当个医生吧。"父亲对他说。

杜预心头一紧，因为在所有可供选择的职业中，医

瓷・境之一 / 2013年 / 96 cm × 60 cm

吉祥 / 2014年 / 68cm×68cm

生这个行当是他最为厌恶的一种。

杜预查完病房后，回到了自己的宿舍里，当他意识到自己的手里依旧捏着那张活页纸的时候，他又忍不住坐到灯下，将那首诗仔细地端详了一番。伴随着这一首诗歌的意象，莉莉的形象又一次在他的眼前浮现出来。他感到自己的感情突然有了一种微妙的变化，这种变化在开始的时候是微弱的，甚至不为人所察觉，可是现在，他实实在在地感觉到了它。

当他一想到"傻瓜"可能是莉莉过去的一个男友时，他的心底不禁掠过一阵淡淡的妒意。而且这个男友的形象立即跃入他的眼帘。他长得高大，俊美，谈吐优雅，举止得体，他穿着时下流行的宽松裤，梳着板刷头，好像生来就是为了享受生活的——这个男孩的形象恰好与自己的矮小、猥琐处处形成了对照。他感到自己生来就属于可有可无、让人生厌的一种人，没有机会，没有未来，甚至没有愿望，他的身上不仅聚集了这个时代可能会有的种种荒谬，而且也深刻地呈现出人类所有的缺陷和弱点。

这个想象之中的男人的形象是令他所不愉快的。杜预对他的嫉妒渐渐就转化为一种愤怒，这种愤怒一方面朝向不可理喻的世界；另一方面又汇聚到他虚弱而空洞的内心。因此，他的愤怒最后终于演变成了对自己强烈的厌恶。

在所有的这些东西背后，杜预意识到有一种更为纤细的情感在他的肌肤中流淌。莉莉带给他的那种奇妙的感觉有些类似于口渴，她那张使人熟悉而又陌生的脸，那对微微上翘的乳房，她裸露的躯体使窗外的黑夜更加浓重，天上的星辰更为遥远，晚风习习，树木飒飒作响，神秘的夜色为他的记忆敞开了大门，他靠在一只躺椅上，不知不觉走进了梦乡。在梦中，他感到自己正在一条湍急的河中沉浮，无所依傍。在河道的另一边，他看见莉莉的乳房像一串葡萄沾满了露水，在寂静无声的午夜唱着歌谣……在似有若无的歌声中，一个古老的声音在不断地提醒他：不要犹豫，瞅准机会干他一家伙……

女病区的病房属于疗养院别致的建筑中最为精巧的一个部分。它蛰伏在树木掩遮的幽暗深处，紧靠着一座带尖顶的礼拜堂。它原先是一位法国商人的鸟舍，即便是时过境迁的今天，这里依旧啼鸟啁啾，粪迹处处。

作为一名医生，杜预知道，他和女病人的接触一般来说不会引起怀疑和物议，更不会受到限制，可是，当这天黎明他伫立在病房门前的栏杆边上，还是感到自己的心脏在怦怦乱跳。附近的一座大楼正在施工，打桩机富有节奏的轰鸣似乎增加了他的不安。

这一回，莉莉又给他看了一首新诗，当时她正斜靠在床上，跟一位正在给她量体温的女护士闲聊着什么，当莉莉神秘地告诉她，戈尔巴乔夫是美国联邦调查局的一位密探时，护士被她逗得前仰后合，莉莉随后也笑了起来，她笑着笑着就将嘴里的那支温度计咬断了，护士没有责怪她，而是让她将玻璃碎渣吐在一只瓷盘里，随后给她换了一支温度计。

> 我奇怪这融融的春季
>
> 为何突现隆冬的景象
>
> 你死在四月的窗口
>
> 死于积雪一般绵延的阳光之中
>
> 如果我死了，我一无所失
>
> 哦，傻瓜
>
> 你的死，却带走了整整一个未来

　　杜预看完了这首诗，感到它似曾相识，不久他就想起来，有一个他曾经非常熟悉的南美诗人写过一首类似的诗歌——《怀念安赫利卡》，只要将这两首诗粗粗地对照一下，就不难看出它们之间的相似之处。原诗是这样的：

如果我死了

我只不过失去了一个毫无意义的过去

而随着你的死去

你失去了整整一个未来

一个被星辰夷灭的

敞开的未来

……

护士不知在什么时候已经离开了这里。莉莉呆呆地看着那扇映上晨曦的窗户，在早晨暗红色的光线下，她的脸显得楚楚动人。她松散而迷乱的目光中饱含期待。杜预从她的脸上再一次体味到了时间的奥妙无穷——她仿佛在冥冥之中一直在等待着他，等待着这样一个早晨。杜预没有立即对那首小诗作出评价，而是默默地注视着她，他为自己的翩翩幻觉所激动，不禁感到喉头一阵哽塞。

不管怎么说，这首小诗还是让他感到高兴。如果说莉莉过去的那个傻瓜男友确实存在过的话，那么从这首诗来看，他好像已经死去了。他是怎么死的，死于何处，这些都无关紧要，他所感兴趣的是，那个傻瓜已经死了，从某种程度上说他死得不无道理，这样一来，作为一位精神病患者，一位被死亡阻隔的不幸恋人，理所当然地需要得到特别的保护，得到珍爱，而给予这种保护和珍爱的，恰好是杜预目前的当务之急。

不过，这样想来，杜预不禁感到自己多少有几分卑鄙和可怜。这个念头在他的脑子里一闪而过，他的心中被清澈的水流注满了。坐在他面前的这个女人宛若一个不谙世事的孩子，她显得安逸、娴静，没有忧乐，没有爱憎，没有提防和危险，甚至没有世俗的羞耻之心。他再也不需要胆战心惊、无所适从地接受一个女人的审视；相反，他可以无拘无束地和她谈话，如果他愿意，还可以用手去抚摸她的脸，她的肩胛，她的膝盖……这样想着，他感到自己和莉莉之间所产生的这种情感是远比爱来得丰厚和纯净的一种东西。

他离开女病区的时候，正好是食堂开饭的时间，他没有回到自己的住处，而是径直来到了葛大夫的寓所。

葛大夫正坐在桌前翻阅一本新版的《梦的释义》，当他将深度近视的眼睛从书本上挪开，询问他的来意的时候，杜预才感到自己不应该来找他，他不知道自己为什么会来到他的寓所。

葛大夫这种人带给他的厌恶是一时难以消除的，可是，在这所疗养院里，他又是杜预唯一感到可以亲近的人。

老于世故的葛大夫瞥了他一眼，问他是否愿意留在这里吃饭。杜预不置可否地笑了笑，他怀疑葛大夫入骨三分的目光已经看透了他的心思。

在吃饭的时候，葛大夫和妻子突然争吵了起来，妻子抱怨他和那些女病人之间的关系暧昧不清。葛大夫再次瞥了杜预一眼，漫不经心地对他的妻子笑了笑：

"这种事在疗养院是被绝对禁止的。"

一般来说，这个地处南方的城市冬天很少下雪，可是，这一年的十二月份，大雪一场接一场地下着，积雪将疗养院里低矮的灌木都盖住了，在树荫和墙角下长久不化。

莉莉的病情并没有像杜预所盼望的那样出现某种转机，但也没有变得更坏，而是一直维持着入院时的那个水平。这年冬天，一个外国的医疗代表团来疗养院考察，平常很少惹事的莉莉这一天却出人意料地找到了表达疯狂的途径。她赤身裸体地从病区跑出来的时候，董主任——那个鹤发童颜的老太太正陪着国际友人去参观心理实验室。在莉莉的身后，跟着几个跑得气喘吁吁的护士。

　　正当董主任被这个突发事件弄得手足无措的时候，一个美国人却不以为然地用蹩脚的汉语告诉董主任：他早年在普林斯顿大学读书的时候，男女学生们常常用裸跑来欢迎冬天的第一场雪。

　　美国人的解释多少带有某种安慰的成分。董主任面容忧悒，一声不吭，杜预担心这个老太太会在一怒之下将莉莉送进电疗室。在这所疗养院，病人何时被送进电疗室，要视办公会讨论的结果而定，还要受到病人的人数、电疗床的工作状况等等条件的制约。

　　一想到莉莉在不久之后会被送去电疗，他就感到了一种莫名其妙的恐惧；同时，这种恐惧也促使杜预做出了一个大胆的决定。

四

我想唱一支歌

一支简朴的歌

一支忧伤的歌

我想拥抱一个女人

一个高大的女人

一个笨拙的女人

这首题为《断想》的小诗是杜预从《他们》杂志上剪下来的。作为一支书签，它被夹在一九八九年《医学年鉴》之中。每当他打开《医学年鉴》，这片萎黄的纸页上的这几行小字便立即跃入他的眼帘。他是如此地喜欢这首不起眼的小诗，因为它喊出了潜伏在自己心底里的某种声音。

在杜预看来，有两种人让他感到亲近，一类是诗人，它代表了自己灵魂的骚动不安的呼吸，另一类是女人，她们象征着躯体的欲望，同时也意味着安宁和恬静。

这两种人的特性在莉莉的身上可以说是兼而有之。

在春节前后的这段日子里，疗养院里一片沉寂，办公室里也是整天空空荡荡的。董主任回老家过年去了，疗养院的大部分医生都因休假而停止了工作，只留下了几个值班的护士。

因此，在某一天的傍晚，杜预终于有机会将莉莉带到了自己的办公室里。

在他们独自面对的时候，杜预还是感到有些拘束。他坐在窗边，呆呆地望着燃烧的炉膛，想不起来应该和莉莉说些什么。窗外的北风呼呼地从屋檐下掠过，树木簌簌作响。他来到疗养院的第一天看到的那个老女人又在楼下的花坛边转悠了，她一边走，一边自言自语，看上去就像是在寻找一件丢失的东西。

花坛、喷水池和假山的上面还残留着一绺绺没有化掉的积雪，让风一吹，干冻的雪粒便纷纷扬扬地飘散开来。杜预的耳边又一次传来了那种古老的声音。不要犹豫，瞅准机会干他一家伙……这种悠远而战栗的声音常常在耳边提醒他，他的心脏怦怦乱跳了起来。

现在，天还没有完全黑下来，他知道自己眼下还需等待。莉莉闲坐在一旁，正专心致志地用一根牙签剔着指甲，没有觉察到杜预盘算已久的企图。她的脸斜对着炉膛里暗红的灰烬，因此，她的脸上泛起一片氤氲的潮红。在她身边靠墙的地方，放着一架旧式风琴，这种风琴他只是在小学的音乐教室里见过。他不知道它为什么被搁置在办公室里，他来到疗养院的这段时间里从未见人弹过它，琴盖上早已积满了灰尘。看着这架旧式风琴，杜预的眼前不时地浮现出一段段往事，这些往事说不上是沉静、美好，还是躁动不安。在他细腻而敏感的想象力的滋养下，琴声总是带给他阳光纷乱的印象……

如果我此刻过去拥抱她，她会有怎样的反应呢？杜预不安地问着自己（同时又一次偷偷地瞧了莉莉一眼）。无非是顺应或者抗拒两种结果。如果是顺从，那当然什么问题也不会有。如果她反抗呢？那么自己应该就此罢手还是再做进一步的努力？杜预一时想不好。他感到他正在付诸行动的这一念头多少带有一点冒险的性质。一想到她如锦缎般光滑的肌肤，想到她那对微微上翘的乳房……他心中冒险的念头很快就占了上风。他告诫自己，冒险的成分微乎其微，万一遭到她的抗拒也没有关系，反正她是一个精神病人，即使她说出去也证明不了什么问题。为了自己日复一日的不眠之夜，为了多少年来一直在他心底排解不开的渴望，他感到这种冒险对他的身体来说是纯洁而人道的。

这样想来，他的心头忽然产生出一种无名的愤怒，莉莉好像顷刻之间成了世上所有女人的代表，她们对他一次次冷漠的眼神使杜预记忆犹新。现在，他应该利用这个机会对她们进行彻底的报复和清算。这种念头使他内心涌现出一股英雄的悲壮。他想起自己曾经有一个好朋友（如今已到了国外）极为详细地向他描述了和一位在医学院就读的女中尉的风流韵事。"你知道，和一个身穿军装的女人上床是一种什么滋味吗？"那个朋友极为下流地对他说。杜预漠然地摇了摇头，在他一连几天为朋友的讲述感到肮脏羞愧的同时，女中尉的身影却在他的眼前久久不去。

杜预在一连串纷乱的联想中，已经不知不觉挨近了莉莉的身边。尽管现在是隆冬季节，可他身上早已是汗涔涔的了，他极为笨拙地将手伸向莉莉。她的手一经触摸便立即像一只松鼠一般跳开了。莉莉睁大了眼睛，惊恐地瞪着他。在这一刻，杜预体验到了一种意味深长的恐怖：他仿佛感到莉莉的精神失常也许是装出来的……

他感到自己已经别无选择，便极为粗俗地再一次抓住了她的小手。这一次，莉莉没有将手抽开，而是反过来抓住他的手……杜预心头的一道闸门突然打开，水流哗哗地流淌，它带着爱情芳香扑鼻的气息，流遍了他的全身。

作为一个精神病人，莉莉对现实中的事情反应迟钝，举止乖张，出语荒诞不经，而对于情感的体验却异常地敏感、警觉、准确，当杜预将她抱住的时候，她的身体像一朵风中的小花窸窣颤动，她好像也已经等待了很久，紧紧地蜷缩在他的怀里，一种难以遏止的兴奋和忧伤使杜预不禁泪流满面，莉莉也哭了起来，同时她的脸上还挂着笑容。他们就这样长时间地依偎在一起，仿佛这一举动是从遥远的某个年月延续下来的，而且还要这样延续下去。

黑黝黝的夜色悄悄漫过窗沿，盖住了他们。

当一阵脚步声在办公楼的过道里响起来的时候，杜预才从这个睡梦般的情境之中苏醒过来，他听见有一个人已经踏上了办公楼一楼的楼梯，正朝办公室的方向急走而来。在这个夜晚，谁会到办公室里来呢？他已经来不及细想了，因为门外的那个人一边往前走，一边从口袋里掏出了钥匙……

莉莉也听到了脚步声，她好像突然想起了什么事似的对杜预说：

"不好，我爸爸来了。"

"你怎么知道是他？"杜预感到迷惑不解。

"就是他，他常常在我洗澡的时候突然闯进浴室……"

杜预还是第一次从她嘴里听到有关她过去的某些信息，他的眼前豁然一亮，作为一个医生的职责使他忘记了越来越近的脚步可能带来的危险，他正想和莉莉再说些什么，莉莉伸手制止了他。

杜预听见门外的那个人在楼道上无声无息地站了一

会儿，好像为是不是应该开门感到犹豫不决。接着，他听见钥匙在锁孔里转动了几下，门被推开了，他看见一道黑影闪了进来，顺手拉了一下门边的灯绳。

办公室天花板上的四根日光灯管同时亮了起来，它炽烈的光亮几乎使杜预睁不开眼睛，他看清走进门来的是精神病护理专家葛大夫，葛大夫的脸上呈露出一副吃惊的样子，但随后就恢复了镇定，他对杜预做了一个含义暧昧的手势，然后抱歉似的笑了笑，尽管杜预感觉到葛大夫的笑容可能是装出来的——他记得这个世界上到处都洋溢着这种笑容，可是你不知道笑容会何时收敛，突然变幻出另一种狰狞的面目，他还是对它表达了会意的感激。

这时，莉莉环顾了一下四周，猛然问道："我为什么会在这儿？这是什么地方？"

杜预和葛大夫都吃了一惊。如果说莉莉的精神失常总有一天会复原，那么此刻，她的身上已经出现了某种转机。

"傻瓜，"莉莉对葛大夫吼道，"把灯关上。"

杜预看见葛大夫尴尬地笑了，然后顺从地拉了一下灯绳，房间里顿时一片漆黑。

"我来取一份材料。"葛大夫说着，转身朝外走，接着又回过头来对杜预说了一句：

"你应该将门反锁上。"

"你刚才说，你在洗澡的时候，你父亲突然闯了进来，然后呢？"当杜预听见葛大夫的脚步声在楼下的树荫里走远的时候，这样问道。

"我也记不清了。"莉莉说。

"那你还记得一些什么？"

"我看见一扇窗户……阳台上的窗户。"

"阳台上还有什么？"

"傻瓜。"

"傻瓜是谁？"

"他被人用绳子勒死了……那天下午，我从学校里放学回家，天上刚刚下过一场暴雨……"

"后来呢？"

莉莉想了想说："后来，海湾战争就爆发了……"

杜预感到眼前一阵晕眩，他突然记起一件往事。他看见阳台里空空荡荡的，秋风飒飒，阳光嗡嗡作响，他趴在阳台里的一张小木凳上，在一本描红册上写字，母亲捧着一团毛线从屋里走到他的身边，没有跟他说话，杜预忽然感到一阵莫名其妙的忧伤，他觉得在这个午后的软绵绵的阳光里，好像有一种什么东西在悄悄地死去……随后，他就看见一件类似于风衣的棕红色的东西从窗口飘然落下，它在楼下的一根电线杆上挂了一下，然后"啪"的一声掉在了地上。

为了驱散心中积存的这个不祥的念头，杜预摸索着走到那架旧式风琴前。他揭开琴盖，胡乱地在琴键上按了几下。风琴发出一连串沙哑而苍老的声音。正如"知青"这个名词和过去的某一种时间息息相关一样,风琴这种过时的乐器似乎也是某个特定的时代的产物——它演奏出特定的曲目,传达出特定的气息和氛围。

杜预让莉莉坐在风琴上,然后开始一件件地脱掉她的衣服。他的手在渐渐习惯了她的乳房之后,又缓缓滑向她的腹部,他现在需要寻找另外一种东西,他的手指掠过莉莉的肚脐,莉莉的身体战栗了一下,随后,他听到了莉莉的喘息声像流水一样响了起来。被莉莉的躯体压住的一排琴键不时发出一阵低声的呻吟。他悄悄地将手抽出来,他的指尖上黏糊糊的,他嗅到那种奇特的气息,它说不上来是什么样的一种气味,他从来没有闻到过如此美妙的气味,它和花卉和香草的气息颇为类似,而又迥然不同……

杜预意识到自己在过去的岁月中从未接触过真正的生活,或者说他所经历的只是一些无关紧要的外表和幻影，现在，他开始触及生活的核心了。

借着火炉的亮光，杜预看见她修长的裸腿从琴架上挂下来。在某种意义上，女人就是一架风琴，它是否能够流淌出美妙的音乐，要看你如何演奏它。杜预感到自己的动作是粗鲁而笨拙的，甚至是丑陋的，但是却充满了淹没一切的激情，当他抬起莉莉的双腿，将它搁在肩上的时候，莉莉突然在黑暗中朝他笑了一下，露出一排洁白的牙齿，她的笑容使杜预感到黯然神伤。杜预意识到，这种无法说清的悲伤的情绪不完全是他自惭形秽的心理引起的——一个患有精神病，对自己的躯体毫无防备能力的女人给他带来的欢乐是极为有限的；另一方面，杜预感觉到，这种悲伤是那样紧密地与欢乐掺和在一起，它们互相模仿，难以区分。

杜预在做这件事情的时候，好几次想停下来，他觉得有必要再好好想一想这件事。他在忙乱中，脚尖不时碰到风琴底下的踏板，这时，风琴便会发出一阵清晰而悠长的声响，这种声音既使他难受，又叫他愉快。他的眼角不经意地呈现出一座空荡荡的教室，一个梳着齐耳短发的音乐教师穿着黑色的裙子，坐在风琴前。她的手指纤长而白皙，它轻轻掠过琴键，琴声跳跃着，震荡着午后呆板的空气，看着那位女教师忧郁而肃穆的目光，杜预好像感到她的手指仿佛是从他的背脊上滑过一样。下课以后，杜预将自己的这一微妙的感受悄悄告诉了他的一位要好的同学，这个学生想了一会儿，一边擦着鼻涕，一边用骄傲的语调对他说：

"有什么好奇怪的，这就是音乐的魅力嘛。"

风琴的声音似断若连。深夜的时候，杜预穿过一片寂静的松林朝宿舍走去，而他的耳边依旧回响着记忆中风琴的声音。

将莉莉送回病房以后，杜预感到心头空空落落的，月光将他瘦长的影子投射到蓝幽幽的雪地上，封冻的地面硬邦邦的，脚踩上去，冻雪便会发出咯吱咯吱的声音。不管怎么说，刚才的那件事事后想起来还是令人愉快的，因为它，杜预感觉到自己的生活发生了某种深刻的变化，以前一直陪伴着他的那种令人绝望的不正常的恐惧突然烟消云散了。空气是如此之清新，它带着松枝的树脂的清冽香气，伴着夜风，吹拂着他身体的每一个部分。一路上，他不禁轻轻地哼起了一个过去的歌谣，这首简朴而忧伤的歌谣又似乎增添了甜蜜的安宁气氛，当他经过那片宿舍楼前晦暗的松树林时，不禁亮开嗓子吼叫了几声。叫喊声在城市的午夜传得很远，很快又被高大的建筑物弹了回来，树冠上的积雪扑扑簌簌掉在他的头上。

杜预失魂落魄般地回到了自己的房间里，他给自己冲了一杯咖啡，在一张有扶手的椅子上躺了下来。他闭上眼睛，在窗外呼呼的风声中，回味着刚才的那件事，回忆着它的每一个细节。由于他过于良好的自我感觉，他发现自己喝咖啡的动作也陡然变得优雅起来，他的身体和冥冥之中的时间达成了和谐与默契，他的呼吸平和而流畅。无疑，他在那一刻，已经处在了美妙世界的中心。

但是，这种自由而闲适的心情并没有在他的身上逗留很久，当他的目光不经意地越过椅边的茶几时，一种他从未体味过的簇新的情绪又一次攥上了他，那是一种深深的无聊、羞耻和厌倦的混合物。

茶几上搁着一张被揉皱的活页纸。

五

在杜预的心中，他也许永远也无法接受这样一个事实：莉莉奇迹般的精神复原的转机就是在办公室的那个夜晚出现的。从以后陆续发生的一连串事件来看，这一事实恰好构成了对杜预的讽刺。

德国精神病权威皮尔斯博士曾经指出，在精神病的治疗上，病人要比任何一位学识渊博的医生都来得高明，有时，他们会自己找到精神复原的道路。对于莉莉来说，情况正是这样。正当疗养院的办公会议在研究是否应该将莉莉和另外十二名病人送进电疗室的时候，莉莉的身上突然出现了康复的征兆。

开始的几天，她是以整日泪流不止的形式表现出来的。随后，她的记忆像春回大地的遍地青草一样渐渐复萌，她能够较为完整地向医生讲述自己的家世，能够记忆起童年和大学的一些生活片段。甚至她还能简单地讲述一两个笑话，她的笑话常使护士们捧腹不止。不知从什么时候起，她突然停止了写诗。杜预记得，她在疗养院写过的最后一首诗曾经在办公室里被当众宣读过，因此，他能够完整地背诵它：

哦，傻瓜

我高贵的国王

请用绳索将我捆绑

我愿用我发蓝的手卷

侍奉你高贵的一生

没有一个故事，不是因为你

成为另一个故事

没有一次梦幻，不是因为我的呼唤

成为记忆中对你终生的眺望

……

　　这首诗使董主任，一个离过三次婚的老女人爱不释手，每当莉莉所在的大学派人来探望病人，她都要让办公室的一位年老的打字员向他们大声朗诵它。在董主任看来，这首诗无疑是一个杰作，因为眼下的时尚使爱情沉睡，而这首诗再次唤醒了忠贞不渝的高尚情操。在办公室里，杜预时常看见董主任在偷偷地阅读这首诗，老泪滚滚而出……

从此以后，董主任对莉莉关怀备至。就在董主任决定将莉莉收为干女儿以后不久，她就在办公室里当众宣布：莉莉大约再有一个短时期的疗养就可以出院了。

董主任和莉莉的亲近使杜预和莉莉见面的机会越来越少。有一次，杜预小心翼翼地提醒董主任："在病人出院前，我们至少得搞清楚'傻瓜'到底是一种什么玩意儿吧？"杜预的好意不仅没有博得董主任的赞赏（在杜大夫看来，这是一种对病人应有的负责态度），相反，他的提醒使董主任勃然大怒：

"毫无疑问，"董主任唾沫飞溅，"那个傻瓜就是你！"

杜预感到自己的自尊心受到了某种伤害，但又不好发作，只是低声地嘀咕了一句："要是我倒好了……"

这是一个五月末的中午，莉莉第一次获准走出了疗养院的大门。她将在户外的田野上散散步，看看乡间的河道和农事，呼吸一下新鲜空气。按照董主任的意思，这有助于她的精神更快地复原。

陪同她出游的本来有两个人。葛大夫推说下午还有些别的事，半路上走开了。这使杜预再一次感到葛大夫这个人很有人情味。可葛大夫在离开的时候，用一种鄙夷的目光扫了他一眼，使他感到不寒而栗。毕竟，两个男人陪着一个少女在乡间的田野上走来走去，会让人感到不伦不类。

这是一个令人赏心悦目的季节，天空也显得格外晴朗，篱外的阳光懒懒地起伏在草滩上。春天的花朵有一部分已经开败了，而在河边迤逦远去的金银花和连翘却显得生机勃勃。一路上，杜预和莉莉不声不响地走着，他们彼此间沉默着，一方面，是由于无话可说，而更多的则是出于互相提防。这样一来，杜预又感到自己走在了一条老路上。沉默使时间拉长了，而他却在时间的边缘无所适从。

他们走了一段路之后，莉莉感到有些累了，他们就在一处红苕地边上的田头坐了下来。在不远处的一块麦地里，几个农民正在挥镰割麦，他们不时从麦地里直起腰来，一边用毛巾擦着脸上的汗水，一边朝这里张望。守望的稻草人在麦丛中兀自摇晃着，在午后阳光下投下了一线长长的阴影。

　　在这个寂寞的午后，杜预在内心一直犹豫：该不该向她打听有关傻瓜的事。他是那样急于了解事情的全部真相，尽管他也许已经意识到，真相本身对他可能已经没有什么意义了。从另外一层意义上来看，鉴于病人的病情正在恢复之中，他的探问很可能再次勾起她对辛酸往事的回忆，这对病人来说就显得太残酷了，作为一个医生，它本来就是莫大的忌讳。

　　可是，那些话语仿佛已不受他的控制似的径自脱口而出，而莉莉的回答则使他多少感到有些失望。

　　一天下午，莉莉放学回家，走进院门的时候，她感到一丝惘然若失的情绪悄悄地咬住了她。天空刚刚下过一场暴雨，空气中到处都飘浮着臭氧和尘土的气息。杏黄的云层压得很低，让她透不过气来。当她走上楼梯的时候，才猛然想起来，原先一直按时在门口迎候她的那条黑狗不见了。她走进房间，看见父亲正坐在桌旁用一根火柴棍悠闲地剔着牙齿，莉莉问他有没有看见那条黑狗，她的父亲嘿嘿地笑了起来，同时用手指了指桌上的一堆骨头。

几分钟之后，莉莉在临街的一处阳台上又重新看到了它。她看见一张狗皮挂在阳台晾衣服的竹竿上，黑色的皮毛在阳光下黝黝发亮。在它的另一面，皮革上还残留着缕缕血迹，上面栖息着一群嗡嗡喧闹的苍蝇。她的眼前一阵晕眩。她感到那些苍蝇带着蓝莹莹的曳光在她面前飞来飞去，不时撞到她的脸上。

当她终于意识到这条陪伴她多年的伙伴已经默默地离开了她，莉莉的脸上最初呈现出来的并不是悲伤。她甚至没有哭出声来，而是一声不吭地回到自己的卧室里，将房门关上，独自一人在床上躺了下来。

三天之后的一个晴朗的早晨，她的父亲猝然死去。按照法医的验尸报告，他是由于服用过量的安眠药致死的。办完丧事的第二天，莉莉来到了街道派出所，接待她的是一位身穿制服的中年民警，这个民警在饶有兴趣地听完了莉莉的叙述之后，温和地笑了起来：

"怎么会呢，你一定是弄错了。"

"的确是我杀死了父亲，"莉莉说，"我在他喝牛奶的杯子里放了安眠药。"

"你一定是记错了，"民警自以为是地说，"你的父亲生前因赌博欠下了三万元的债务，他的死是顺理成章的，和你没有关系。"

"父亲是我杀死的，"莉莉哭了起来，"这件事我记得清清楚楚，我将一瓶安眠药放在打蒜器里捣碎，然后……"

"你不要这样纠缠下去了，"民警显得有些不耐烦了，"你没看见我正忙着吗？"

他站起身来，准备离去，又像是想起了一件什么事，他转过身，温和地朝莉莉笑了笑："这件事，你不要告诉别的人。"

在以后的日子里，莉莉在一个姨妈的帮助下读完了中学。除了她的姨妈之外，经常到她家来看她的另一个人就是这个中年民警……

"直到现在，"莉莉对杜预说，"我都记得父亲临死前的样子。我在大学读书的时候，由于失眠，常常服用一些安眠药，每当这个时候，我就看见父亲坐在我的床边，跟我悄悄地说话。到后来，我也被弄糊涂了，连我自己也搞不清父亲是不是我杀死的。"

尽管杜预想知道这件事更多的细枝末节，比方说，那个形迹可疑的民警在莉莉的家里究竟干了些什么，他

古风之一 / 2015年 / 68cm×68cm

留香系列之二 / 2014年 / 68cm×68cm

怎样一边哄她，一边脱掉她的衣服……可是，莉莉显然不愿意在这件事上深谈下去了。由于她的神志尚未完全复原，她的讲述显得支离破碎，杜预不得不用自己的想象和猜测对它加以补充，以便使事情呈现出周全的轮廓。

天色渐渐暗了下来，杜预紧挨着莉莉坐着。金黄色的麦芒在风中习习颤动，空气中弥漫着一股成熟的谷物的香气。不远处的一条小河蜿蜒西流，水流荡涤着一丛丛参差不齐的芦苇，发出哗哗的淌水声。割麦的农民此刻已经收工回家了，顺着他们静静远去的方向，可以看见夕阳中一带白色的农舍。

杜预在飒飒作响的麦浪声中，又一次听到了风琴悠扬而遥远的声响，它仿佛在过去的某一个时刻回荡，又绵延至今，它激起了杜预心底里蕴藏着的那种古老的渴望，这种渴望由于莉莉轻微的叹息而变本加厉，这就导致了他接下来的一连串生硬而突兀的行为。

由于对那个冬天的夜晚记忆犹新，当杜预的一只手贴着草皮悄悄伸向她的裙边的时候，他的心头掠过一阵不可遏止的激动。他的手刚刚触摸到莉莉的肌肤，她的腿就像被火烫了一下似的迅速逃开了。同时，她用一种惊骇的目光盯着他，杜预同样也感到迷惑不解。他原先以为，在他和莉莉之间由于有了那天晚上的默契，最初令人难堪的所有障碍都已悄然消除。在他看来，莉莉对他的抗拒和提防不仅没有必要，而且简直是毫无道理。他的心底又一次涌起了一股对女人捉摸不定而产生的漫无边际的仇恨。但他还是控制住了自己。他知道，他现在应该做的也许是用一种温柔的语调和她谈些什么，以便唤起她的记忆。可是，这个时候，他的胃又在隐隐作痛了。他一度觉得自己的内脏被一枚铁钩挂住了……他已经没有了任何说话的兴趣。躯体尖锐的痛苦迫使他决定孤注一掷，他近乎蛮横地再次将手伸向她。莉莉笑了起来（这种笑容包含着清高、矜持和鄙视），将身体靠近他，然后冷不防在杜预的脸上啐了一口，同时她脸上的笑容倏然收敛，换出另外一副冷漠的面容。杜预感到大势已去，在这一刹那，他仿佛看见了自己的脸，它像往常一样俗不可耐，上面镌刻着恐惧、伤感、卑下和可怜。

他对自己说，或许莉莉已经忘了这年冬天的那个夜晚，或者说，那件事也许根本没有发生过……杜预很快就恢复了常态，装出一副正儿八经的样子，用一种医生才会有的干巴巴的语调对莉莉说：

"这么说，你诗歌中写到的那个傻瓜原来只不过是一条狗？"

杜预的问话听上去连他自己也感到摸不着头脑。莉莉略略一愣，点了点头。

六

深夜的时候，杜预躺在床上，怎么也无法入睡。他不知道莉莉的故事中带有多少可信的成分。不过，这个故事却触发了他一连串的回忆，将他记忆之中的往事搅得混乱不堪。他感到自己的记忆和莉莉的讲述之间好像存在着某种类似的东西，和人的左右手相仿佛，或者说一件事是另一件事的影子。

一个深秋的下午，他的母亲突然告诉他，他们要去郊外将他的父亲领回来。当时，杜预正伏在屋角的一张木凳上，在一本描红簿上练习写字。他不耐烦地对母亲说："父亲那么大的人，干吗要我们去将他领回来。如果他要回来，就让他自己回来好了。"

母亲的泪水夺眶而出，有如窗户玻璃上疾速流淌的泄水，在一道雷声中，杜预感到了事情也许有些严重：父亲会出什么事呢……

他跟在母亲的身后，心事重重地下了楼，他看见一辆平板车停泊在雨中，大雨在上面溅起一朵一朵的水花。母亲让他坐在板车上，随后母亲拉动了那辆板车。他问母亲，雨下得这么大，我们为什么不带上伞？母亲对他凄然一笑，没有说话。

在通往郊外的那条道路上，雨水漫过了路面，到处都是水流哗哗的声音。时间仿佛过了很久，他们在荒僻的郊外走了足足有一个多小时，最后，杜预看见了一道赫红色的围墙，它矗立在视线的尽头，在雨幕中显得模糊不清。他们来到围墙的边上，一个瘦老头擎着雨伞给他们打开了围墙的大门。

围墙之中是一片衰草萋萋的草滩，杜预似乎感觉到，这是一块靶场。几只胸环靶像人一样兀立在雨中，在狂风中瑟瑟战栗着，他跟着母亲踩着草滩里的积水朝前走去，不久，他就看见了父亲。

他的尸体横卧在一片水注之中，四周的积水被血染红了，就像一瓶红墨水被打翻了似的。父亲的样子使他联想到他像是冷不防摔了一跤，再也爬不起来了。父亲的身体是脸朝下俯卧着的，在他的背上和头颈上各有一处洞眼，它会不会是枪击后留下来的呢？

杜预紧紧拽住母亲的裤管在父亲的身边站立着，斜斜的风雨一度使他睁不开眼睛。父亲的身体像一块吸饱雨水的海绵。他和母亲费了好大的劲才将它弄到了板车上。

在回家的路上，杜预猛然想起了一个月前的一件事。那天早上，母亲上班去了，他一个人在家。几个戴红袖章的年轻人突然闯了进来……他们翻遍了屋子的各个角落，始终没有找到他们所要找的东西，因此显得颇为沮丧。他们垂头丧气的样子终于激起了杜预的同情和好奇。"你们在找什么？"杜预朝他们走了过去。一个戴红袖章的年轻人朝他笑了笑，比画了一个手势。杜预知道他们所要寻找的也许是父亲藏在墙缝里的一沓手稿。

"你知道它藏在哪儿吗？"那个人问道。

"我当然知道啦。"杜预显得有些兴奋，"不过，你如果答应将红袖章送给我，我就告诉你。"

那个人再次温和地朝他笑了笑，迅速从手臂上脱下红袖章递给杜预。杜预将袖章别在手臂上，然后走到穿衣镜前照了照，接着将那伙人领进了父亲的卧房。他走到墙角，熟稔地卸下了几块红砖……第二天，杜预戴着红袖章去学校上学，小学语文老师神情肃穆地将杜预叫到了办公室里："你是从哪儿弄来这东西的？快把它摘下来，它是不能随便佩带的。"

父亲身上的血依旧不停地滴下来。在他们返回城区的道路上，杜预心里感到了一种莫名其妙的恐惧，他似乎意识到，在那块红袖章和父亲的尸体之间有一种神秘的联系……

平板车在郊外的一处农场边上陷进了一洼水坑之中。母亲的身影在阴晦的雨中显得弱不禁风，她的湿漉漉的头发紧贴在额前。她声音嘶哑地对杜预喊了一声：
"我支持不住啦。"杜预当时并不明白这句话所蕴含的意
义，但它无疑给杜预留下了深刻的印象。他看见母亲跪
在雨水之中，用肩膀扛着车轱辘，喘息声像流水一样霍
霍作响，那辆平板车还是纹丝不动。母亲咬着嘴唇，由
于屏足了气力，她的脸在雨中突然变形，杜预感到这张
脸一下子变得异常陌生。母亲的动作似乎不像是打算将
平板车扛出水坑，倒像是利用车轴的三角铁戕害自己的
身体……流水哗哗向前涌动、跳跃，大雨依然下个不
停。曲折的水流漫过母亲的裤管，穿过草地和灌木林流
向一条湍急的沟渠。母亲哭了起来，她张大嘴巴仰望着
灰蒙蒙的天空。面临这样的时刻，他和母亲一时都没了
主意。

　　尽管母亲的死是在三个月之后——在这段冗长的时
间里，水流的声音一直在他耳边喧嚣不已，可是，杜预
仿佛觉得那个沉寂的黄昏仍然是雨天的延续。

这天下午，杜预从学校回家，当他穿过门前那条湿漉漉的马路的时候，看见母亲正蹲在阳台上，用一块抹布擦着窗户玻璃。明亮的光线的反光在他眼前闪烁不定。在他的母亲纵身跳下窗台的那一刹那，杜预听到一阵风琴的声音在他的背后响了起来，那种忧郁的曲调是他所熟悉的，可一时想不起来它的曲名。他看见母亲的身体在空中颠来倒去，像一片树叶悠然下落，楼道下的一根电线杆使她的下落改变了预定的方向……

这时的街道上空空荡荡的，没有什么行人和车辆，风琴的声音依然在延续。杜预这会儿终于想起来，这支曲子，小学音乐教师曾经在课堂里演奏过，每当杜预听到它，呼吸就会突然变得困难起来。

七

现在，杜预很少有机会和莉莉独自相处了，不过，他还是常常在疗养院的各个角落看到她，有时是在食堂排队买饭的时候，有时则在花园中心的喷水池边上——莉莉通常在午后到这里来看书，手里捧着一本蓝封面的《普希金诗选》。

每当杜预从宿舍楼上下来，准备走到喷水池边和她说些什么，她的身影总是在顷刻之间倏然不见。

杜预的痛苦一如往昔，在往常，他孤枕难眠的黑夜总是深不可测，使他无所适从；而如今，莉莉给他带来的却是另一种烦恼，它类似于针刺的疼痛，牵动着他的胃壁和心脏，阻滞着他的呼吸。杜预说不清这两种感觉有怎样的区别，也许这两者在根本上就是一回事。

转眼之间又到了秋天，他曾经非常喜欢这个天高地远的季节，炽烈的阳光减低了热度，空气变得干燥而凉爽。通常，在这个换季的间隙，风向的改变总是给他带来良好的睡眠。现在，杜预感觉到他的身体在季节的流转中已经丧失了所有自行调节的功能，随着日复一日的失眠，他服用安眠药的剂量和次数也与日俱增，从某种意义上来看，杜预一度感到自己和疗养院精神病患者之间已没有什么区别。

他常常在深更半夜的时候悄悄溜出宿舍楼，独自一人在疗养院的树林里散步。失眠症已经不像往常那样带给他心烦意乱的焦虑，相反，在静谧的夜晚踽踽独行，常让他感到一丝淡淡的安详和轻松，他知道，莉莉就在不远处的一座树林里，他在散步的时候常常不知不觉地走到那里去。

一座带尖顶的房子浸没在蓝蓝的月光之中，围墙的卫矛影影绰绰。他曾听葛大夫说，这座病房原先是一个法国人的鸟舍。在飞鸟闪烁不定的翅影之中，杜预仿佛看见了那些想象中的鸟类：它们有着黑黑的尖喙，雪白的胸脯和深蓝色或火红色的羽毛……

这天晚上，天空又一次下起了暴雨。在杜预的一生中，突降的雨水不仅预示着他命运的某种巨变，也多少代表了他内心模糊而复杂的愿望。

他走到窗前，在屋外沙沙的雨声中发愣。他看见楼下的一杆路灯被雨幕遮盖着，一条淙淙的水流沿着阴沟边的路基蜿蜒远去，它绕过花园的灌木，在通向香樟树林的一片黝黑的小路上消失不见。

几分钟之后，杜预走在了这条小路上。他没有带伞，他看见母亲的脸从晦暝的雨夜中向他呈现出来，她莞尔一笑，随后泪水溢出眼眶……杜预的衣服很快就让雨水给淋湿了，他踩着自己的影子朝前走，当他穿过那片树林的时候，一度忘了自己置身于何地，他好像是走在一条乡间的麦垄中，父亲带他去村外钓鱼，又像是走在去大兴安岭的路上。北方的雨来得又快又急，将道路砸得坑坑洼洼。当然，杜预更多的遐想流淌在这样一个冬夜：他的手沿着莉莉平坦的腹部缓缓前移，他的指尖触摸到了一种黏糊糊的东西，它是梦境中心的中心，一个古老传说的内核，一朵鲜花的根蒂……

在这条小路尽头，杜预看见女病房的那道铁门紧紧地关闭着，狂风卷起树叶朝他迎面扑来，斜斜的雨水纷纷如织，小鸟在树林的深处咕咕啼鸣。有一阵子，杜预在铁栅栏门边感到不知所措。

他发现不远处的一座建筑工地上亮着灯光。他来到工地上，在一处脚手架下躲了会儿雨。如果现在改变主意还来得及，他一遍遍地对自己说。

如果不是偶然之中看见了斜靠在工棚边上的那架木梯，杜预很可能会放弃原先的那个念头，这架木梯牢牢地吸引住了杜预的视线，他的耳边又一次传来那个遥远的声音：不要犹豫，瞅准机会干他一家伙……这架梯子的存在使杜预立刻开始行动，并替它安排了行为的方式和秩序。

他将木梯搬到那座房舍的西侧。当他顺着梯子往上爬的时候，看见莉莉病室的阳台上晾着一件病号服，它在风中摆动着，发出扑扑的声响。他甚至听到了莉莉在睡梦中发出的均匀的呼吸声。

他翻身跃过阳台的围栏，心头掠过一阵狂喜和激动，他感到自己从未这样激动过，心脏沉闷的撞击声像是逸出了他的体外，在黑夜之中的一个什么地方单调地响着……

他轻轻推开一道狭长的铁门，蹑手蹑脚地走进了莉莉的病室，他在黑暗中向前摸索了一阵，怎么也找不到灯绳。在慌乱之中，他碰翻了一把椅子。

一道蛇状闪电使杜预放弃了寻找灯绳的想法，因为，借着这道闪电的光亮他已经清晰地看见了病室内的一切：房间空空荡荡的，床铺已经被人移走了，墙角里堆放着一摞摞洗涤干净的床单和病号服。

杜预想，如果不是自己在匆忙之中找错了房间，那么，莉莉一定是搬到别的什么地方去住了，既然董主任已将她收为义女，她很有可能搬到了一个更为舒适的病室……

杜预没有顺着来时路线返回楼下，而是拉开了那扇通向走廊的大门。走廊漆黑一团，他在踢翻了两只痰盂罐之后，终于找到了下楼的楼梯。

他沿着楼梯往下走了几级，他感到自己的身体突然撞在了一件什么东西上，他伸手朝它摸了摸，他的手指触摸到了什么，杜预忍不住惊叫了起来，那是一张人的脸。

"莉莉。"杜预叫道。

对方嘿嘿地笑了起来，随后按亮了手里的一只手电筒。在手电的亮光中，杜预看清，站在他对面的这个人正是他来到疗养院第一天所碰到的那个老女人。

过道里的穿堂风吹散了她银灰色的头发。她古怪的笑容的后面是两排凸出的牙齿，嘴角挂着口涎。这个老女人没有再次重复有关厌烦一类的感慨，而是冷不防冲着他阴森森地吼了一声：

"杀……"

八

一个风和日丽的中午，一辆夏利牌出租车早早停在了疗养院的大门外。莉莉在葛大夫和董主任的陪同下，缓缓朝大门口走去，几个护士远远地朝她挥手道别。

莉莉手里拎着一只装满行李的网兜，一边朝前走，一边不时地回头朝办公楼的方向频频张望。董主任误以为莉莉的张望是出于对疗养院的留恋，便自己感动了起来。她温和地对莉莉笑了笑："到了星期天和节假日，欢迎你再到疗养院来看看。"

葛大夫双手插在口袋里，依旧是往常那副一丝不苟的神情。他的身上可以同时看到作为一名精神病医生所具有的那种和蔼、冷漠、警觉和宽厚，他似乎看出了莉莉的心思，便不声不响地走到莉莉的身旁，用一种极有分寸的语调不紧不慢地对她说：

"他不会来送你了，昨天下午，我们已经为他做了

清风系列·三 / 2014年 / 26cm×72cm

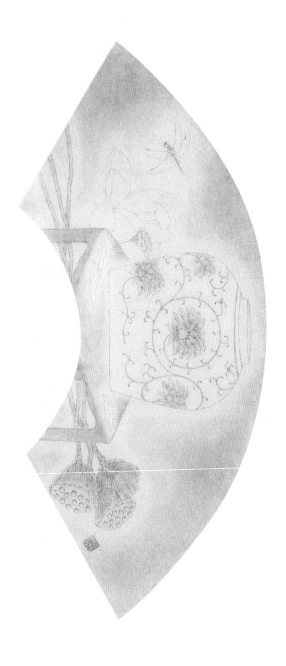

清风系列·四 / 2014年 / 26cm×72cm

电疗手术。"

当杜预在几个医生的簇拥下被送进电疗室的时候，他忽然感到了一种从未有过的自由自在。他的眼前又一次浮现出了童年时的那个阳光缤纷的下午。他似乎觉得自己一生的经历都带有一种虚假的性质，有如梦境一般，和想象与幻觉牵扯在一起。他分不清哪些事情是真实的，哪些事没有存在过。而唯独这个下午的记忆带给他一种固定的真实。

那年春末，他的外婆带他来到了几百公里之外的一个乡间农场里——他的父母在一年前就被下放到了那里。那天下午，天空刚刚下过一场雷雨，他的父亲带他去村外的河道边钓鱼。

一路上，父亲告诉他，暴雨过后，河里的水被搅浑了，河底的鱼类根本看不见鱼饵，因此，他和父亲手执钓竿长时间地坐在河边，等着混浊的河水一点点变得清澈起来。

河道边盛开着一簇簇绣球花，花丛中的浆果沾满了雨水，在风中簌簌战栗。一带深黛色的远山静伏在视线的尽头，杜预看见一个采药的老人在松林中时隐时现，不久，就在一座寺庙的边上消失不见了。

青山下的树林边上，是一块开阔的草滩，正在吃草的几只绵羊零星地散布在原野上。他看见一个牧人模样的少年躺在草丛中，帽子盖在脸上，看上去，他好像在温暖的阳光下熟睡很久了。

在一阵隆隆的机器声中，杜预感到自己的躯体正随着电疗床徐徐下降，床头的一排暗红色的指示灯一闪一灭。他一度觉得自己是在一条湍急的河里游弋，由于远离了岸边，远离了实在之物，他感到无所依傍，他拼命划动着流水，却抓不住任何东西。

过了一会儿，朦胧中他听见有人在一个很远的什么地方呼唤他的名字，听上去既像是莉莉，又像是他的母亲。这种声音和金色的鲫鱼在木桶里搅动水流的声响极为相似，有时简直让他难以区分。

杜预在电疗床上睁开了眼睛，他看见葛大夫，这个使人捉摸不透的昔日的同事正笑眯眯地注视着他：

"你的感觉怎么样？"葛大夫将身体凑近他，轻声地问他。

杜预想了一下，用一种他自己听来十分陌生的声音答道：

"现在，我终于正常了。"

短文八篇

息夫人

楚宫慵扫黛眉新，只自无言对暮春。

千古艰难惟一死，伤心岂独息夫人。

——清·邓汉仪《题息夫人庙》

据徐承烈《燕居琐记》记载，明末时有一巨公，与泰州人邓汉仪相善。明亡时，汉仪劝他殉节，巨公不从。后来，汉仪游楚归，巨公问他有无近作，邓汉仪即将《题息夫人庙》一诗呈览。巨公读罢愀然不乐，遽患心疾而卒。

诗中"息夫人"一典，或出于《左传》。春秋时，息侯与蔡哀侯都娶了陈国国君的两位女儿。息侯夫人息妫出嫁途经蔡国，哀侯与息妫相见时或有非礼之举，息侯一怒之下，引楚军攻蔡，俘获蔡哀侯。楚文王因闻息妫美艳，索性一并灭息。息妫归楚后侍奉新主，文王问她为何终日愁眉不展，息妫答曰："吾一妇人而事二夫，纵弗能死，其又奚言？"

我以为，这个故事引得后人津津乐道或者聚讼纷纷的关键，实源于息妫的这句答语。她既非慷慨赴死以全名节，也不是全无心肝，媚新主以邀荣宠。顺从之中不忘旧主，无言之抵抗情见乎辞。这句话说得很实在，本无暧昧之处，却将后世对此事的议论置于暧昧之中。不论是王维、刘长卿，还是杜牧，基本上都是在叹惋与同情之间打转转，其背后最重要的评价尺度，自然是所谓"临难不苟且"的道德铁律。为了让息妫的形象更完美一些，好事者敷衍出息妫与守城门的丈夫相遇，并给予她再度自杀的机会，就毫不奇怪了。

邓汉仪的这首诗写于明、清易代之际。那时候，关于士大夫死节问题的争论，正甚嚣尘上，愈演愈烈。死与不死固然是清浊的分界，就连早死和晚死也会成为月旦人物的依据。要理解这首诗的写作背景，钱牧斋临难之踌躇反复，本身就是一个很好的注解。邓汉仪仅凭这一首小诗而名载史册，亦非无因。末二句"千古艰难"与"岂独"的对应，寓意含蓄、深邃，并生发出无尽的感慨，其讽喻的对象，除了明末"巨公"之外，也指向芸芸众生，甚至包括作者自己。死之艰难，居然被当作一个问题提出来，在"慷慨赴死"的神话面前，也足以动人听闻。

颜习斋在读《甲申殉难录》至"愧无半策匡时艰，惟余一死保君恩"时，竟凄然泣下，废卷浩叹不已。痛定思痛之际，他评价人物功过的标准，已从"能不能死"悄然过渡到"是否有益于世"了。正因为如此，王昆绳才会说他"开二千年不能开之口。"

叔向的担忧

国将亡，必多制。

——《左传·昭公六年》

公元前五三六年，郑国子产命人"铸刑书"。按照杜预的解释，所谓的"铸刑书"，指的是将国家的法律条文铸于鼎上，"以为国之常法"。将国家法律公然铸于鼎上，目的无非是两个：其一是使法律彰显于光天化日之下，从而结束"刑不可知"的神秘化历史；其二，凸显法律不可改易的威严。子产铸刑鼎，在历史上意义重大，有学者将之视为中国第一部成文法的正式发布。

然而子产的这一做法却遭到了叔向的严厉批评。叔向是晋国著名政治家，孔子尊称他为"古之遗直"。邻国铸刑鼎一事，竟然让他移书子产，据理力争，可见此事非同小可。这封信开头就说：如果我原先对你的政治主张还抱有期望，那么这种期望现在已经停止了。失望之情，溢于言表。

叔向认为，"民知有辟（法），则不忌于上。并有争心，以征于书，而侥幸以成之。""弃礼而征于书，锥刀之末，将尽争之。乱狱滋丰，贿赂并行。""国将亡，必多制。"子产的回信不卑不亢，倒也很值得玩味。他说：我不能遵从您的意见。我不才，不能像您那样长远地考虑子孙后代的事情，我的目的在于救世啊！

在那封著名的信件中，叔向似乎倾向于将法律看成是一种不得已的手段。从表面上看，他的观点确有维护"礼制"的动机。但他真正感到担忧的，是"铸刑鼎"的后果——对法律的条文的种种利用，会使法律本身变成一纸空文，然后统治者必须用更多的法律条文加以补救，从而造成恶性循环。关于这一点，司马光在《资治通鉴》中引用叔向的观点时，把话说得更为明确："禁令益多，防闲益密。有功者以阂文不赏，为奸者以巧法免诛。"

实际上，叔向所要维护的"礼制"本身也具有法律的性质，从某种意义上说，甚至还高于子产的"成文法"，这也是中国传统社会以礼为本，以法为末这一信条得以维持的重要原因。两年前，我去哈佛访问，黄万盛教授曾向我提及，有一位韩国留学生写了一篇博士论文，题目似乎就叫作《礼：作为中国古代社会的宪法》。可惜的是，这篇论文我至今没有读到。

发生于两千五百多年前的这场礼、法之争，也使我联想到了另一个问题。在西方，现代小说恰恰是伴随着对现代法律的质疑和批判而诞生的。从陀思妥耶夫斯基、卡夫卡到加缪，都是如此。

坑灰未冷

竹帛烟销帝业虚，关河空锁祖龙居。

坑灰未冷山东乱，原来刘项不读书。

——章碣《焚书坑》

唐代诗人章碣的这首诗，因毛泽东的重视，自二十世纪五十年代至今，颇多学人引用。后两句语调冷峭，也很有幽默感。如今，"坑灰未冷"已近乎习惯用语，形容事变之速，常有出人意表者。

秦始皇灭六国而有天下，期望江山长存，帝祚永续，所虑亦不可谓不周。正如方孝孺在《深虑论》中所指出的，虑天下者，常图其所难而忽其所易，备其所可畏而遗其所不疑。然而祸常发于所忽之中，乱常起于不足疑之事。秦得天下，变封建而为郡县，以为兵革不可复用，天子之位可以世守。不意亡秦者实起于陇亩草泽之间。方孝孺的这番议论，与章碣《焚书坑》的寓意如出一辙。

作为一种极端化的政治尝试，"焚书坑儒"在历史上留下笑柄，自不足怪，但这件事本身却并不那么可笑。阿根廷作家博尔赫斯从中解读出来的，是一种人类企图消灭过去的记忆，让历史重新开始的冲动。类似的狂想，其实一直存在于古往今来的人类意识中。塞缪尔·约翰逊曾提到，在克伦威尔所召集的一次人民议会上，有人就十分严肃地提出，焚毁伦敦塔保存的所有档案，以便抹掉对过去的全部记忆，让生活重新开始。美国作家霍桑还写过一篇寓言故事，题为《大地的燔祭》：世界各地的人聚集在美国西部的草原上，燃起一堆篝火，烧掉包括书籍在内的所有与记忆相关的物品。博尔赫斯认为，和秦始皇一样，所有废除过去的企图都是徒劳的，因为人会做梦。即便没有书籍，人类也会梦见过去的一切。

不过，秦王朝虽二世而亡，却也在历史上留下了它的丰厚遗产。比如，以法家思想为中心的政治变革影响深远，在"变法"的旗号下试图借尸还魂的后继者，代不乏人。李贽认为，后代的政治家在指责"暴秦"刻薄寡恩的同时，并不影响他们私底下悄悄地使用"韩非之法"。当然，秦王朝对后世最大的馈赠莫过于郡县制的施行。这一制度垂两千余年而不能改易，足见其生命力。即便如此，还是没有多少人打算感谢它。王夫之在《读通鉴论》中就曾发表过这么一番著名的感慨：

呜呼！秦以私天下之心而罢侯置守，而天假其私以行其大公，存乎神者之不测，有如是乎！

灌夫骂座

魏其之举以吴楚，武安之贵在日月之际。

——司马迁《魏其武安侯列传》

《史记》妙文，读之脍炙人口，常有手不能释卷者。诸多篇什中最令我啧啧称奇、百读不厌的，当属《魏其武安侯列传》。此文人物传神，事迹精微，世态人情亦无奇不备。另外，此文独有的平行映衬、互为镜像之叙事法，实为天工人巧，咀讽涵咏，意味深长。

魏其（窦婴）和武安（田蚡）皆有外戚门第背景。魏其忠信而沾沾自喜，武安险谲而纨绔恣骄；魏其奋迹戎行，以平吴楚之乱而名显，武安一无所能，倚宠怙势而身贵；魏其贵时，武安逢迎伺酒，跪起如其养子，武安势炙，魏其失意息影门墙，竟遭杀身之祸；魏其有一姑妈窦太后，武安有一姐姐王太后；魏其有窦太后而不知倚重，反而屡屡得罪，武安则因椒房之亲而横行无忌，连武帝也无可奈何。

由于采用了对举映照的叙事方式，作者写魏其，实际上也在写武安，反之亦然。魏其为正笔，武安就为陪笔，反之亦然。一正一陪，一明一暗，如此分分合合，一路写来，犹如三月望桃花春水，杳渺飘忽，让人茫然不知其际涯。景帝崩而窦太后亡，武帝立而王太后起，原先两人在伯仲之间，至此彼此消长，冷热悬殊，一篇合传似乎已有收结之势。不料斜刺里忽然杀出一个灌夫，又搅得风生水起，原来好戏还没开场。文章也奇峰突起，波诡云谲，叙事散朗多姿，实有鬼神不测之妙。

灌夫骂座的故事，想必读者耳熟能详，此不备述。毫无疑问，灌夫的酒后一怒，是整个故事急转直下的关键。魏其与武安的正面对决，似乎势所难免。即便如此，魏其如洞悉时变，及时收手，仍可免祸。然而魏其明知灌夫不能救而必救，朝堂对决不惜孤注一掷，救之不得，竟然祭出所谓先帝遗诏，明摆着是自己要往死路上走。灌夫不过是时常惹祸的一介武夫，魏其何以会现身相救？倘若一定要细较个中关节，最好的办法是将文章重读一遍。

作者的文字确实有一种迫使你随时重读的力量。比如说，如果你实在不知道汉武帝在对待二人恩怨上的真实态度，如果你弄不清始终没有出场的淮南王为何也是故事的一大埋伏，如果你对韩安国、籍福等汉代人物微妙的言辞感到困惑难解，除了把这篇文章重读几遍，还有什么更好的办法呢？

尼采与音乐（上）

没有音乐，生活就是一个谬误。

——尼采

青年时代的尼采迷醉于狄俄尼索斯的智慧——它既是尼采哲学的出发点，也是最终的栖息地，而音乐则是哲人孤独旅程的第一推动力。对早年的尼采来说，音乐不仅仅是一种欲望和娱乐的方式，同时也是一种预示着幽暗命运的深刻激情。在尼采看来，人的世俗欲望可以分为不同的等级，被他排在第一位的是音乐的即兴发挥，紧接着是瓦格纳的音乐，再往后才会轮到我们这个世界最大的"真理"：肉欲。尼采本人喜欢坐在钢琴前即兴地弹奏，后来还一度尝试作曲。他所创作的音乐作品被瓦格纳称为"可怕"，但在很长一段时间之内，瓦格纳仍然将尼采视为自己最重要的知音。比如说，瓦格纳在一八七二年六月二十五日给尼采的一封信中就这样说道："除了我的妻子，您是生命给我带来的唯一收益。"

不用怀疑尼采在音乐方面的精深休养。事实上他的音乐趣味也非常宽泛——除了瓦格纳之外，他迷恋舒伯特、贝多芬、舒曼，当然还有瓦格纳艺术上的死敌勃拉姆斯。他对勃拉姆斯的重视，也是导致他和瓦格纳友谊破裂的原因之一。我们或许也可以从尼采对欧洲近现代音乐创作所产生的影响来描述他与音乐的关系。举例来说，理查·斯特劳斯所创作的《查拉图斯特拉如是说》名闻遐迩，而马勒也一度将自己的音乐作品命名为《快乐的科学》。

不过，在尼采那里，"音乐"一词也许还有更为深邃、复杂的含义。有时候，它是"艺术"的代名词，而艺术则是人类面对虚无、没有任何目的的世界的最后慰藉；在更多的场合，音乐被尼采描述为一种"解放的力量"，是我们了解世界隐秘和真相的主要途径。对此，列维－斯特劳斯也表达过类似的见解：在音乐中也许存在着人类最后秘密的钥匙。

对于音乐的研究和思考，在尼采的哲学中始终扮演着重要的角色。他在研究古希腊戏剧的过程中，将语言和音乐进行了区分。他认为舞台的戏剧语言是理性的、阿波罗式的；而来自合唱队的音乐则属于狄俄尼索斯的智慧，暗示着另一个世界的真相。那是一个秘密、危险和幽暗的世界——至少在尼采看来，这是自苏格拉底以来的理性主义故意忽略掉的一个世界。

当然，如果我们要寻找一个最合适的形象来说明尼采和音乐之间的关系，这个形象只能是塞壬。

尼采与音乐（下）

不论是康德、叔本华、尼采，还是海德格尔或阿多诺，他们都习惯于将所谓的"真实世界"形容为幽深浩渺的海洋。在康德那里，这个世界被称为"物自体"，到了叔本华，它被表述为"意志"，尼采则是"狄俄尼索斯"，而海德格尔和阿多诺则分别将它称为"存在"和"自然"。然而这个世界并非空洞无物。在幽暗和沉寂的最深处，永恒的歌者塞壬一直在发出令人魅惑的歌唱。

塞壬是恐怖与美丽的复合体。它显示出希望和诱惑，也预示着倾覆和毁灭的危险。由于塞壬的存在，水手和航海者永远处于两难的悖论中。面对歌声的诱惑，你当然可以选择回避，远远地绕开它以策安全，也可以无视风险的存在，勇敢地驶向它。据此，人的生活也被划分为两种基本类型：安全的生活和真正的生活。

早年的尼采一直试图寻找第三个选择。他最终找到的一个差强人意的象征性人物，正是奥德赛。奥德赛所发明的办法，是命人将自己绑在桅杆上。这样，他既可以聆听塞壬的歌声，又不至于因诱惑的迷乱而葬身大海。而在《启蒙辩证法》中，阿多诺再次讨论了奥德赛这一形象。与尼采所不同的是，阿多诺认为奥德赛所选择的不是什么别的东西，正是为尼采所批判的苏格拉底式的"理性"。也就是说，奥德赛是比苏格拉底早得多的理性主义的源头之一。

文明、宗教、理性乃至科学为人的生存提供了越来越多的保护，同时也是对塞壬歌声的远离和忽略。"祛魅"一词生动地揭示出这种保护所遗漏的部分。尼采曾多次感慨说，假如我们听任理性的指引，对塞壬的歌唱充耳不闻，那我们可怜的生活中就只剩下了两样东西：生意和娱乐。

从某种意义上说，与尼采同时代或稍后的小说家们似乎也遇到了同样的悖论和虚无。和尼采一样，陀思妥耶夫斯基也深深地浸透在所谓"后塞壬时代"的悲哀之中，只不过他选择的道路与尼采完全相反。尼采选择了非理性的"超人"，陀思妥耶夫斯基则选择了非理性的谦卑。托尔斯泰所发现的自我拯救的道路是"激情"。他和海德格尔曾经不约而同地宣称，没有激情，生活其实毫无意义。《安娜·卡列尼娜》就是塞壬神话的另一个版本，作者在安娜身上寄托的激情正是对卡列宁式"安全生活"的悲剧性反抗。卡夫卡似乎把塞壬变身为不可企及的城堡。对于理性的反抗，可以是激情、癫狂乃至游戏，卡夫卡则贡献了一个新概念，那就是孩子气般不管不顾的任性——这正是卡夫卡寓言的最大隐秘。

《新五代史》

不阅薛史，不知欧公之简严。

——赵翼《廿二史劄记》

欧阳修撰《五代史记》（后世称为《新五代史》）的出发点之一，在于他认为官修的《五代史》（薛居正等撰，史称《旧五代史》）烦琐失真，未能起到垂戒后世的作用。欧阳修一反薛史的作法和体例，重褒贬，尊义理，深得《春秋》和《史记》笔法之精微，历来为史学界所称道。陈寅恪在《赠蒋秉南序》中曾说："欧阳永叔少学韩昌黎之文，晚撰《五代史记》，作《义儿》《冯道》诸传，贬斥势利，尊崇气节，遂一匡五代之浇漓，返之醇正。故天水一朝之文化，竟为我民族遗留之瑰宝，孰谓空文于治道学术无裨益耶？"赵瓯北也称赞此书"寓春秋书法于纪传之中，虽史记亦不及。"

　　五代之篡弑相寻、奇祸相续，几至于朝不保夕，在中国数千年历史上，巨创深痛恐无出其右者。五代于中原历梁、唐、晋、汉、周诸朝，在其他地区，也有吴、南唐、前蜀、后蜀、闽等十国之割据政权。以中原而论，历时五十三年，易五姓，有十三君；在这些君王中，被弑而不得善终者，竟有八人；长命的王朝不过十多年，短的也就三四年而已。推究考辨这五十三年的历史，首先遇到的问题，就是乱世的由来，也就是说，这样一个骨肉相残、人伦夷灭的时代是如何造成的。如果说，"唐肇五代之乱"是一个历史共识，如果说，安史之乱所导致的藩镇割据是五代的源头之一，那么，对唐代的政治、文化和典章制度本身加以检讨就十分关键——这恐怕也是宋代政权一反唐弊，在政治制度方面开出新局的原因之一。

　　欧阳修在《新五代史》中，对制度方面的考量尤为留意。此前他与宋祁在编撰《新唐书》时，对典章制度的重视众所周知，细大不捐，论辨不厌其烦。由于五代实无任何稳定的"制度"和礼乐文章可言，所以，当他发出"呜呼，五代礼乐文章，吾无取焉"这样的悲叹时，其内心的沉痛可想而知。但我觉得，欧公在这部历史著作中最为关心的荦荦大端，仍在道德层面。所谓礼乐崩坏、纲常道绝、世道人心鱼烂而不可救。这与后来黄宗羲、顾炎武总结明亡教训的思路一脉相承。用钱穆的话来说，所谓乱世，先乱在我们心上。要挽救时弊，首先得匡风气，正人心。

不过《新五代史》最让我折服的地方，莫过于它的春秋笔法：辞近义远，褒贬精审，确乎当得起赵瓯北所推许的"简严"二字。

安重诲

独见之虑，祸衅所生。

——欧阳修《新五代史》

明宗李嗣源是后唐的第二个皇帝，庄宗李存勖的养子。在位七年，于五代之君王中最为长世。此人虽以谋反弑君而登上大位，但历史上对他的评价还不错。欧阳修借助于所谓的"长老"的称誉，说他为人纯质、宽仁爱人，不近声色、不乐游猎。在位时兵革稍息，年屡丰登。其实正面评价只有一句：爱民恤物，有意于治。至于说他宽厚待人，欧公虽也附和，但也不忘了立刻加上一句：果于杀人。

明宗自己就是以养子的身份弑君而当上皇帝的。问题是，他自己也有一个养子，那就是潞王从珂。也许明宗内心要拼命忘掉自己是如何当上皇帝的吧，他把养在身边的这个潜在祸患也一并忘掉了。从珂的反骨，早已被枢密使安重诲看在了眼中。当时，枢密使的职位与宰相差不多，他的实际权力很可能还高于宰相。这从安重诲矫诏杀宰相任圜，而明宗竟不能究一事，可以看出端倪。

安重诲自幼追随李嗣源，为明宗的江山做了无数大事，可谓尽忠劳心，鞠躬尽瘁。但安重诲一生中最想做的一件事，其实是为明宗剪除作为肘腋之患的潞王从珂。此事功败垂成，直接导致了后唐的覆亡。安重诲明敏谨恪，自奉甚俭，但恃功矜宠，势动天下。他擅斩马延，诬杀宰相倒也罢了，居然还在皇帝身边安排了谍报。到了后来，甚至连皇帝都怕他。河南县给皇帝献了嘉禾，他说是假的；夏州人献了白鹰，皇帝居然要偷偷运进宫中，训诫左右"勿使重诲知也"。潞王当上河中节度使后羽翼渐丰，重诲遂加快了除灭从珂的步伐。他用的办法，竟然是遣亲信杨彦温领重兵直接下手，事败之后，又不得不杀彦温以灭口。这就犯了大忌。当明宗说自己贵为天子，竟连儿子都不能庇护时，重诲危矣！不久后即被罢官，与妻子一并被扑杀于家中，儿子崇绪、崇赞旋亦被杀。

安重诲的悲剧，读上去也颇有喜剧性。用今天的话来说，重诲把皇帝的事完全看成了他自己的事，他要为皇帝除奸，可皇帝却"吾儿吾儿"地叫得亲切呢！他在临死前犹耿耿感叹："我固当死，但恨不与国家除去潞王。"对于这个人物的悲剧，欧阳修只用了八个字来概括：独见之虑，祸衅所生。从这八个字，也可以看出，当时朝廷的礼仪和典章制度溃烂到了什么程度。

从珂后来果叛，明宗子嗣被悉数杀尽。从珂本人当了几天皇帝后，很快被石敬瑭攻陷都城，自焚而死，余骨葬于道旁，其土一陇，路人皆为之悲。